Tres hijos tenía el molinero, quien, al morir,

dejó en herencia: al mayor el molino, al

mediano el burro y... un gato al menor.

El gato le dijo a su nuevo dueño: —Cómprame unas botas y un saco y te ayudaré a convertirte en un gran señor, el Señor de Carabás.

-¡Qué dices! Si tú sólo sabes cazar ratones
-exclamó el muchacho. -Sí, pero cazando ratones
se aprenden muchas cosas -respondió el gato.

Una vez, el gato metió en el saco unas hierbas que atrajeran a una liebre con su olor. La cazó y se la llevó al rey. Luego lo repitió.

—Gran Señor —se presentaba— traigo este
regalo de parte del Señor de Carabás. Dejando
al rey complacido volvía junto a su amo.

Un día el gato dijo a su amo: —Corre métete en el lago porque ahora viene el rey y así te conocerá.

—¡Socorro! —gritó, y el rey y su hija lo rescataron.

–Como no digáis que es del Señor de Carabás,
cuando os pregunten por el rebaño, os despedazo
–dijo el gato desafiando a unos pastores.

Y los pobres pastores, muertos de miedo
convencieron al rey de que las ovejas
pertenecían al menor de los hermanos.

—Como no respondáis "Del Señor de Carabás",

cuando os pregunten por los sembrados os

despedazo, volvió a decir a unos labradores.

Y los pobres labradores, mostraron
atemorizados al rey, la amplitud de aquellos
campos del supuesto Señor de Carabás.

Más tarde se dirigió decidido a un castillo
próspero y hermoso al que nadie se acercaba,
porque allí habitaba un ogro terrible.

—Señor ogro, ¿es cierto que puedes
transformarte en una fiera, un león por
ejemplo? provocó el gato con sorna.

Tan furibundo se puso, que el gato hubo de subirse al tejado con todo el pelo erizado. Pero no se amedrentó y regresó.

—A ver si ahora te atreves a convertirte en un ratoncillo... Después de mucho luchar, logró reducirse y el gato se lo comió.

El gato dijo al rey que el Señor de Carabás había

vencido al ogro quedándose con su castillo.

Entonces el rey, admirado, lo nombró príncipe.

Y la princesa que ya en el río se había
enamorado de aquel apuesto muchacho, pudo
por fin casarse y ser muy feliz en su reino.